청어詩人選 204

바람이 분다

김성기 시집

청어

바람이 분다

김성기 시집

시인의 말

백지장을 간장 된장쯤으로 알았던
유년이
부끄럽지 않아진 나이에
부끄러운 시집을 낸다.

울먹이던 하늘이
울음을 터뜨렸다.

차례

2부 나 어떡해

4부 마음이 닿는

1부

외면한 죄

외면한 죄

시나리오 작가 최고은 씨가 굶주려 죽고
투병 중인 아내 살해 후 김 모(75세) 씨가 목매 죽고
유리창 청소하다 추락해 김 모 씨가 죽고
북에 두고 온 이산가족 상봉을 학수고대하던 박 모 할아버지가
숨을 거두고
영하 10도의 한파에도 폐지를 주워 연명하던 최 모 씨가 죽었다
그토록 일본으로부터 사죄를 받아내려 했던 위안부 할머니
박숙이 님도 눈을 감았다

낯익은 곳에서 낯선 일들이
낯선 곳에서 낯익은 일들이
우리를 가슴 아프게 합니다

많은 음식이 버려지는 낯익은 곳
그 안에서도
낯선 배고픔이 있었습니다
김치와 밥만 있어도
죽지 않았을 생명

낯섬을
외면한 우리
멀잖아
우리도 그 길에
발을 딛게 됩니다

'주인아주머니께……
죄송합니다.
마지막 집세와 공과금입니다.
정말 죄송합니다.'

유서가 된 마지막 편지입니다.
세 모녀가 생활고와 지병을 비관하여 번개탄으로
세상과 이별하였습니다

우리가 모르는 사이에 생긴 일이라고 하기에는
너무나 가슴 아픈 일입니다

등을 돌리면 낯선 것이 됩니다

외지고 외딴곳에 낯선……
오늘 외면하면 내일은 만나지 못하는 낯설음……

(삼가 고인의 명복을 빕니다)

미투

어느
여름날 밤
반딧불 하나
반짝였다

한 시인
'순간의 꽃'을 피웠다

나는
그 꽃
밟아야만 했다

가출

나비
벌

꽃 찾아갔다

나도 길을 나섰다

아! 소리라도 살아 있어서

모든
것을
어둠이
삼켰다

소리만 살아남았다
야~옹

오늘

사랑을 하면
내일이 아름답고

그리워하면
어제가 곱다

오늘은
사랑을 해도 좋고
그리워해도 좋은날

여행

추억은
그곳에
그때의 시간으로
존재하고

나는
여기에
지금의 시간으로
존재하므로
아름답다

머물러 있어서 아름답다

오늘 밤은 내게 어떤 의미인가

마지막이
들숨이었는지 날숨이었지는
아무도 모른다
엊저녁만 해도
지 집에
들고나고 했는데

초승달이
구름 속에 들었다

순돌이네 강아지
가슴 속에 들었다

고개를 못 들겠다

추워 죽겠네
더워 죽겠네

계절이 수십 번 바뀌었는데도
아직
살아 있다

인생이란

앞으로 가

뒤로 돌아가

한 번뿐인

제식 훈련

소외

박 아무개가 가고 오지 않는다
최 아무개가 오도 가도 않는다
김 아무개가 보이지 않고 소식도 없다
그들은 나로부터 실종되었다
나 또한 그들로부터 실종되었다
우리는 서로가 실종되었다
SNS로 연결되지 않은 이들은
희귀동물로 간주되고 있다
아날로그로 살아간다는 건
소외 당하는 일이다

실종자들은
이 시대의 폐기물로 분류된다

캔류
플라스틱류
유리병류
종이류
실종 인간

재분류는 하되
소각 대상이다

우리는
실종자
이지만
아무도
찾으려
않는다

기도

녹두 세 개를 묻었습니다
흙으로
하늘로 가고
나머지 한 개는
사랑으로 피어나게 하소서

이별과 그리움의 근원이 사랑일지라도
하늘의 은총과
땅의 은혜로움으로
사랑하게 하여 주옵소서

바보 처남(妻男)

배내옷 사이로
거뭇한 배총이 보였고

다섯 살 난 손자는
사랑채로 뛰어가
'할배! 고추 달렸어'

그 아이가 커서
내 아내가 되었다

닭장

지수화풍(地水火風)이
닭을 만들고
닭이 알을 낳고
닭이 알을 품어
병아리가 태어난다

한 뼘의 공간에서
인공조명과
자동 공급되는 사료와 물
그 외에는 모든 게 제한된다

조상이 새였으므로
겨드랑이가 가렵고
그래서 날갯짓은 숙명이며
부리로 알을 굴리고
품에 안는 건 본능이다
이 역시 불가능하다

닭장을 나올 수 있는
단 한 번의 기회
폐경!
그러나 기다리는 건
죽음!

예외는 없다
저승사자가 오고 있다

바람 사이 숲

게 누구요?
숲 사이로 무언가가 지나갔다
대답이 없다
숲으로 들어갔다
숲 밖에 무언가가 지나갔다
게 누구요?
역시 대답이 없다

형상이 없는 나와
형상이 있는 내가
숨바꼭질하고 있다

인간사

백정이 양반탈을 쓰고
춤을 추는구나
탈춤을 추는구나

양반이 백정탈을 쓰고
춤을 추는구나
탈춤을 추는구나

똑같은 자들이 다른 탈을 쓰고
춤을 추는구나
탈춤을 추는구나

에헤라디야
춤을 추는구나
탈춤을 추는구나

공염불

태초에 말씀이 있었다
그리고 행(行)함이 있었다

말은 가볍고 쉬워
더욱 융성하고 발전하였으나
행(行)은 말보다 어려워
소멸의 길을 걸었으니

말만 남아
쓰레기처럼 나뒹굴고

소멸한 행(行)은
그럴듯한 옷을 입고
근엄한 모습으로만 남았으니

이제
척하고
체하는 자들은 가라

그래서 먼 훗날
사람들이
전설을
경배토록 하라

멍에

달처럼 둥근

굴렁쇠가

물속으로

들어간 날

굴렁쇠 닮은

달이

호수 위를

미끄러져 갔다

그리고

.

.

.

야윈 손가락을

빠져나온

반지가

또르르

굴러서

어머니를 떠나갔다

그리고
·
·
·

가슴에

휑하니

구멍이

나 있었다

달 같고

굴렁쇠 같고

반지 같은……

.

.

.

그

구멍으로

찬바람이 드나든다

무관(無關)

파랑새
둥지를
떠나고

고두리살
활시위를
떠났다

안개 속
가을이
떠날
채비에 분주하다

차표 한 장
마련해야겠다

후회

앵두가
건포도처럼
말라붙었을 때에야
어머니를
간절히
목 놓아
불렀다

"어머니!"

추억

그때
그곳에

그곳에
그렇게

그렇게
무덤덤하게 피어 있어

그게
그처럼
좋았나 보다

그냥
너처럼

돌아가는 길

여기!
여기까지는
굴렁쇠를
내가 굴렸는데

여기!
여기서부터는
내가
굴렁쇠

미안하다

No덕술
욕하면서
나는 이 땅에
그냥 살고 있고

아메리카no
그냥
입으로 가져간다

나는
하등동물이 되어간다

내게는 사랑

사랑이 떠나간 자리
그리움이라 하지만
내게는
지금도 여전히
사랑입니다

왜냐면
왜냐하면
함께 있을 때에도
늘 그리웠으므로
내게는 그리움이
곧
사랑입니다

어머니

버선발로 뛰쳐나오시더니

팔 벌리고 계시더니

툇마루에 앉아만 계서도 좋아라

'어머니'
그 이름만으로도

좋아라

채우려 마라

못淵
못潭
못澤

담아도
담아도
흘러내리더라

벗

누거만재(累巨萬財)라 하더라도

누거만년(累巨萬年) 살지 못하며

노명(露命)에 내 남 없지 않느냐

누거(陋居)면 어떻고 노옥(老屋)이면 어떠랴

노우(老友)와

노주(露酒) 넘치게 부어 놓고

노적가리 붉게 물들이는 노을빛에

노변담(爐邊談)하니

노박(魯朴)한 이 삶이 더할 나위 없구나

2부

나 어떡해

고엽(枯葉)

나는 가을이다
한 줄의 문장으로 저장되었다

바람은 가을 끝자락에서
마른 이파리 흔들어
가을을 삭제하려 했다

문자는 나뒹굴다가 스러지고
나목은 목이 쉬도록 울었다

골방 타자기는
'ㄱ ㅕ ㅇ ㅜ'까지 겨우 찍었으나
'ㄹ'은 허공에 멈추어 섰다
마치 나목에 걸려 바람을 기다리는 연 꼬리 같았다

멀리서 만돌린이 운다
서리꽃 눈부신데
검지는 빈집 초인종 누르듯
'ㄹ'에서 떼지 못한다

아!
문턱을 넘는 일
숨이 턱에 차는 일
상흔의 낙엽
그리고
섬뜩한 낯섦

어디서도 초대받지 못한 계절에 갇혔다

나는 눈먼 자

볼視
볼見
볼觀

여태껏
나는
무엇으로
무엇을 보았는가

주천(朱天)

베토벤 9번 교향곡
슈베르트 9번 교향곡
부르크너 9번 교향곡
그들의 마지막 교향곡이었다

구스타프 말러의
일련번호 없는 아홉 번째 교향곡
'영원히⋯⋯
 영원히⋯⋯'
마지막 악장 '고별'
그도 하늘로 가고
하늘에서는 바람이 왔다

쇼스타코비치가 9번 교향곡의 저주를 비껴갈 때
붉은 군대는 광장에 있었고
역시
바람은 하늘에서 땅으로 불어왔다

주술(呪術)이 바람에 숨어 있었다

야행(夜行)

북소리 하늘을 열고
하늘의 뜻으로 자궁이 열렸습니다
북소리 땅을 깨우고
땅의 기운으로 씨방이 열렸습니다

어디쯤에서 오는지 모르겠습니다
근원을 몰라
더더욱 그리움입니다

어디에선가
슬픈 향기 실은 바람 불어와
눈시울 뜨거워지는 해거름입니다

설워 울 수도 있겠습니다
그리다
그리다
어디선가 북소리 들리고
가슴엔 스산한 바람이 붑니다

함부로 울지 못하는 나이가 되었습니다
북이나 두드려야 하겠습니다

배내똥이 콧잔등을 간질이던
그날
밤

문득 낯설어
익숙한 곳을
찾아 나섭니다

상처

꿰맨 자리 이전에
상처가 있었다
상처 이전에
아픈 기억이 있었다

불편한 거래
불의와의 타협
거래는 거칠었고
타협은 강요되었다

매끈하게 바늘이 터널을 만들고
실은 터널을 관통한다
틈 사이를 건성건성 수차례 오간다
적당히 치유된 듯하다

상처는 실과 바늘로 인증되었다
덧살에 기생하는 기억이
문신이 되었다
문신을 지우면 상처가 되살아 났다

나는
지금도
몸살을 앓고 있다

그대여

수평선은
하늘에 닿아 있고

나는
너에게 닿아 있다

오롯이
그리움으로

녹슨 철로

철로는
코스모스를 흔들어 놓으려 있는 것이다
그 길
끝까지 가면 동트는 그리움 있는 것이다
거기
석양의 갯벌이 반기는 고향이 있는 것이다

녹슨 철로에 세월이 누웠고
달리는 것은
바람
그리움
너를 향한 마음인 것이다

가랑비 내린다
쓸쓸함이 애잔하게 배어 나온다

종착역에서
나는
플랫폼의
비 맞는 이정표가 된다

이제 눈 감아라

오는 것은 반드시 가더라
가려고 오더라

가서는 결코 오지 않더라
오지 않으려 가더라

바람에 흔들리지 않는 나무는
죽어 있더라
오고 가는 경계에 서 있더라

모든 존재는
부존재 그 이전이더라

화투, 엎어 놓고 치는 까닭

별처럼
동터오는 새벽처럼
여행지의 첫 풍경처럼
가슴 설레는 내일은

두근두근 와야 한다
은밀하게 와야 한다
밤새 소복하게 내린 눈처럼 와야 한다
우연한 만남 같아야 한다

이처럼
모르게 와야 한다

인생

알면 무슨 재미!

나 어떡해

별이 쏟아지는 밤
나는 눈물 흘리지 않기로 했었지
빛바랜 그리움 쏟아질까
그게 무서웠어
그냥
그랬던 것뿐이었어

오늘은 정말 아니야
눈물이 막 쏟아져
나도 모르겠어

그리워하던 시간이
사랑할 시간을 지워버렸어
얼마든지 견뎌낼 수 있을 거란 생각으로
여기까지 왔는데
여기가
어딘지도 모르겠어
세월이 날 삼키려 해

이제
나 어떡해

몽고반

바람이 분다

전생의 골분을 찾으려
현생의 나
고비사막에 섰다

이곳에도
건조한 모래바람 불고 전생의 나는 없다

바람이 이랑을 만들고
나는 뒤돌아보지 않았다

지금 나는
모래 언덕에서 목만 지상에 내어 놓았다

바람이 분다
바람이 분다
설워 우는 늑대가 땅과 하늘을 갈랐다

노부부

해거름에
야윈 당신 손잡고 간다

산 그림자 길게 누운
황톳길을 간다

저물어야 더 아름다운
황혼길을 간다

여의도 비빔밥집

얼씨구
상대의 실패가 나의 성공을 담보한다

저얼씨구
그들의 헌신(獻身)은
신다 버린 헌신이다

어절씨구
식물이었다가
동물이었다가
돌연변종도 가능하다

일생

· · · · · ●

점 점 점 점 점 점

● ● ● · · ·

점 점 점 점 점 점

위선

칼의 시대에는 펜이
완력이 사라진 시대는 혀가
위력을 발휘한다

칼과 펜은 손을 빌려야 하나
혀는 단독으로 놀림이 가능하다
단독은 독단이기 십상이다
한 번 열리면 좀처럼 닫히지 않는다
혀가 오감을 느끼듯
혀가 토해내는 말 또한 그러하다

세심(洗心)
세설(洗舌)
이 모두
혀를 빌린 공염불이다

일기예보

곳에 따라 비가 온다네요
나는 이미
온몸 흠씬
젖었는데

그리움이 온다는
예보였나 보네요

검은 머리 짐승은 거두지 말라

서리가 내렸다
억새가 하얗다

세월이 흘렀다
백발이 되었다

쏜
살
같
은
세
월
이
거두어들인다

다행이다

빈 가슴

어머니가 외가에 간 날은
빈집 같았다

아내가 처가에 간 날도
온통 빈집 같았다

그럴 때마다
허전허전하였다
빈한한 마음이
허전거려야 했다

바람꼬리

그리움은
늘
바람이 불어오는 곳에서 시작하였다

나는
바람을 등질 수 없었다

망각

하이쿠
'오래된 연못
개구리 뛰어드는
물소리 퐁당'이

'개구리 퐁당'이라니

이 얼마나 경이로운 간결함인가
이 얼마나 놀라운 단조로움인가
세월은 군더더기를 덜어내고 있었다

새가 날고 있다
이토록
가슴 벅찬 가벼움으로

물결
몽돌 만지고
갔다

3부

터 이전의 황룡사지

지상과 천상

살고 싶어 먹은 쥐와
죽고 싶어 먹은 사람

하늘나라에선
배고프지 말아라
그곳에선
억울하지도
슬프지도
괴롭지도
힘들지도 말아라

이 땅의 일
하늘나라에서는 없어라

휴(休)

서 있느라 수고했네
이제 편히 누우시게나
본시
우리는 하늘도 땅도 아니라네
그래서
서기도 눕기도 했던걸세
편히 가시게
'숨'
잊지말고 가지고 가시게
그리하여
내세에 바람으로 오시게나

하늘에도 닿고
땅에도 닿는
바람으로 오시게나

바람으로 오시게나

*청량산에서 살아 600년, 죽어 100년을 서 있던 나무가 어제 새벽에 누웠다.
 일본군이 이 나무 안에 한국인 여성을 넣고 불을 질러 나무와 여성이 죽게 된
 가슴 아픈 사연을 갖고 있다.

터 이전의 황룡사지

잃어버린 시간이 땅속에 있다
상실의 공간이 무덤처럼 누워 있다

솟았다가
주저앉았고
솟구쳤다가
함몰되었다

그것은 결박된 채로
당간지주가 되었고
누군가의 기억과 마주쳤다

목탁
탁발
발작
작별
별리
어둔 세상의 말꼬리
알 수 없는 속내
탁발승이 동해로 가고
백골이 바람에 날렸다

목탑
불이었어
재도 없었어
무덤
그냥 흙이었어
깃발 없이 바람만 있었어
이곳에서
사르다
사위어간
그러한 것들

나는 지금
나의 미래를 보고 있었던 거야
너는 지금
너의 과거를 보고 있는 거야
너와 나 스쳤고 지금은
서로를 삭제하는 중이야

존재하지 않는 곳에서
너와 나
만났던 거야
그게
다야

신화(神話)와 기억의 혼재
바람이 오고 있어

착시

디케가 이 땅에 와서 눈가리개를 풀었다
공정이 무너졌다

칼이 사라지고 법전이 쥐어졌다
죄는 그대론데 벌이 무디어졌다

저울 위에는
무너진 것과
무뎌진 것이
같은 무게로
올라 있었다

나름 법은
공평해 보였다

허상

무엇이 옳고
무엇이 그르단 말이냐
너의 정의가
내게 불의가 되는 괴물 같은 것

나의 왼쪽
나의 왼쪽 아니다
거울 속 나의 오른쪽
나의 오른쪽 아니다
나는 괴물이다
너 또한 괴물이다
우리가 마주하는 것
우리를 스치는 것
이 또한
괴물이다

거울을 깔고 앉았다
국화(菊花)*가 깔렸다

*국화(菊花) : 인터넷 신조어. 똥꼬. 항문. 국화꽃을 의미하지만 국화꽃의 모양이
 인간의 항문과 비슷하게 생겼다 하여 인터넷상에서 비유적으로 이르는 말.

쥐구멍

할머니가
딸에게 마늘을 보낸다
"권○순 님"

우리 딸 '순님'이 아닌데……
어쩔까나
나의 미래를 들키고 말았다

어느 어느 날의 일기

◎ 꽃피고
　바람 불고
　꽃지다

◎ 잔잔한 호수
　개구리 뛰어들고
　물무늬 지워지다

◎ 처마 끝 풍경
　혼자 울다
　잠들다

◎ 수정 같은 달빛 아래
　배꽃 떨어지고
　그 아래로 물 흐르다

어머니

'어릴 때 잘 못 먹여 지금도 가슴 아프다'
'좋은 옷 제대로 못 입힌 게 늘 마음 아프다'

자식이 환갑을 넘겼는데도
어머니는
되새김질하고 계신다

호모사피엔스

앞발은
손으로 진화되었고

혀는
가시로 퇴화되었다

[본시 앞발은 할퀴는 구실을 하였다]

기도

우리가
우리를
기억하게 하소서
우리가
그들을
기억하게 하소서

그래서
훗날
우리와
그들이
기억하게 한 것을
다시는
기억하지 않아도 되게 하소서

우리와
그들은
같은 기억을 가지고도
다른 기억을 얘기하고 있나이다
입으로 말하고
귀로 들었으니
그들의 입을 보면서
내 귀를 나무라야 했나이다

회한(悔恨)

이승과
저승 사이에
짐승으로 산다

태생(胎生)으로 나와
화생(化生)으로 산다
난생(·生)처음 가슴을 친다

부끄럽다

고운 눈썹 같다가
시퍼런 칼날이라니

변덕스런 맘으로
저 달
무슨 염치로 보나

가감승제(加減乘除)

1 + 1 = 2
1 × 1 = 1
빨리 성인이 되고 싶다
광고 건너뛰기를 기다려야 할 때나
버퍼링이 심할 때의 조급증이 지속된다
(유일하게 가加 값이 승乘 값보다 높다)

2 + 2 = 4
2 × 2 = 4
그토록 바라던 성인이 되었다
엎어치나 매치나 같은 결과라도 악다구니를 쓴다
(유일하게 가加 값과 승乘 값이 같다)

3 + 3 = 6
3 × 3 = 9
이때부턴 세월보다 내가 훨씬 빠르다
가는 세월 속수무책이다
(가加 값과 승乘 값의 차이가 점점 커진다)

한 세상
加하고
乘하고 해봤자
減되고
除되는 것을

첫사랑처럼 눈이 오면

첫사랑처럼 눈이 오면
오래된
침묵의 시간과
이 텅 빈 공간
어쩌면 좋아

그 눈
가슴으로 녹아들면
나
어떡해

감출 수 없는
흠뻑 젖고 싶은
이 마음
이 마음 또 어떡해

그립다 친구야

이보시게 친구
오늘처럼 낙엽 떨어지는 날
그 낙엽 바스락대는 뜨락에서
우리 차 한 잔 하세

온 세상 하얗게 덮인 날
내게로 오는 하얀 발자국이
자네였음 좋겠네
찻물이 끓고 있다네

온천지 배꽃 만개한 날이네
그 배나무 아래에서
우리 찻물 우려내며
달빛에 젖어나 보세

차향이 안개처럼 피어올라
그리움처럼 번지는 아침
많이 보고 싶네
낮달은 점점 희미해지는데

동네 한 바퀴

개쉐키
쥐새끼

사람과
개와
쥐는
이체동종(異體同種)이다

드라마 같았다

(生)
나는 눈을 뜨고 울었다

(死)
나는 눈을 감았고 남들이 울었다

(生死)
우는 주체가 다를 뿐이다

눈 한 번 뜨고
눈 한 번 감는

참
싱거운
연극이었다

종편

input
output

밥 들어가고
똥 나왔다

진실공방은
언제나 밥과 똥을 뭉개고 있다

나는 어리둥절하고
너는 어이상실이고
우린 어처구니없다

패널의 혀는 가볍고
우리네 마음은 무겁다

욕심

시린
하늘 좀 보아

차면
비우는 저 달 좀 보아

뒤뚱이는
우리네 인간 좀 보아

역사

뒤로 똥 누고
앞으로만 가는 인간아
똥파리에게 무한 감사하라

너의 역사는
기껏
똥파리 뱃속에 있다

그림자

다가간 만큼
멀어진다

물러선 만큼
다가온다

너를
얄밉도록 닮았다

겸연쩍었다

나는 등을 돌렸고
새는 바람을 맞이하고 앉았다

바람 덕에
조우했고

바람 뒤에 얼른
자리를 떴다

4부

마음이 닿는

폐교

시간을 용케 부여잡고 있는
미루나무와
동상
국기 게양대

무명의 늙은 작가는
칼과 낭망치로
주름진 세월을 새긴다

세월만큼 낡은
주물 난로에
유년이 타고 있고
시소가 재가 되어 있고
칠판도 불쏘시개가 되었다

과거는 지워졌고
나와 무관한 과거가 만들어져 있다

추억은 연기가 되어 허공에 흩어졌다
나는 공간에 갇혔고
그리운 시간에는 머물지 못했다
보이기는 했으나 만나지는 못한 그리움

손에 잡힐 듯 잡히지 않는
허공이여!
그리움이여!

고행

하늘 한 번
땅 한 번

자벌레도
나처럼
이 땅의 번민 어쩌지 못해

동쪽에서 서쪽으로
아침에서 저녁으로
간다

빈자리

벌 나비 떠나가도
꽃 진 자리
잘도 아무는데

그대 빈자리
왜 이리 아픈지요

사랑은

와락
껴안아야 한다

비록
고슴도치일지라도

그게
사랑이다

꽃바람

너는 순결이었고
고요는 절정이었다

꽃비가 내렸다
해산(解産)은 숭고하였으며
그렇게
관능의 옷을 벗었다
몽정이 부끄러웠다

바람이
꽃바람이 일어
서녘이 붉었다

마음이 닿는

저 꽃 참 예쁘다

이만치서
저만치의
간격은

사랑의 거리

난타

나는
나의 출생을 신고한 적이 없다

나는
나의 사망을 신고할 수가 없다

나의
기록은 타인의 몫이다

나는
광대이다

낙엽

땅에 떨어져야 낙엽이다
떨어져서 밟혀야 낙엽이다
밟혀서 부스러져야 낙엽이다
부스러져서 흙이 되어야 낙엽이다
흙이 되어 어미의 발을 덮어줄 수 있어야 낙엽이다
거름이 되어 어미에게 되돌아갈 수 있어야 낙엽이다

낙엽이 아름다운 까닭이다

no good

너라—ng
나라—ng
사라—ng
NG 아니야
그런 게
사랑이야

인새—ng
NG 아니야
가끔씩
실수하는 게
인생이야

쉽고 가깝다

지옥은 1미터 땅속
천당은 28700억 광년의 안드로메다

죄를
많이
짓는
까닭
이다

갑과 을

못도 박았다 빼는데

빼도 박도 못한다니
이게 무슨 날벼락이냐

(도적놈들!)

못난이

성냥이 불씨 남기고 머리 숙였다
양초도 어둠 밝히고 머리 숙였다

쳐들고 다니는
이
무거운 대가리는
대체
뭐란 말인가

돼지 대가리

살아서도
돈(豚)
돈(豚)
돈(豚)

죽어서도
돈(錢)
돈(錢)
돈(錢)

구멍마다
돈
돈
돈

돼지도 인간도
얼쑤
돈타령

무희(舞姬)

음표가
오선지에서
오르내려야 비로소
곡이 되는 거야
그냥
한 줄 위에
참새처럼 앉아 있으면
마냥 같은 소리야
하늘을 날듯
높고 낮게 날아야 되는 거야

리듬은 듣는 것만은 아니야
이렇게 보기도 하는 거야
줄과 간에서 자유롭게 노는 걸 보는 거야
오선지의 음표들은
눈 감고 보면
가까이에서 출렁거려

내 안에 그어져 있는
수많은 줄도
때때로
물결처럼 출렁이었어
무희가 춤을 추듯 말이야

갔다가 언제 올래

28700억 광년
안드로메다로 돌아간다

지구에서
고작 몇 십 년을 살면서
힘 든다 하였고
죽을 지경이라고 했다

여기가
천국인지 모르는
하찮은 미물이었다

고맙습니다

꽃 한 송이 피고 지고
풀 한 포기 섰다 누웠다

그 사이사이
용케도
내가 있다

괜한 걱정

못난 나무 선산 지키고
못난 자식 부모 모신다는데

잘난 사람만
득시글거리니
우짜면 좋노

쳇바퀴

육십갑자(六十甲子)를 돌았는데

아직도
수평선에 다다르지 못했다

오늘도
어제만큼 남았다

허둥지둥

씨눈은
땅속에서도 길을 찾는데

내 눈은
아직도 제 갈 길 못 찾았다

너와 나 사이에 별 하나 있다

다섯 살 가빈이가 종이를 내민다

※§∞∑@#&?!

읽어 보렴

영어로 썼어요

그래
니한테는 영어
나한테는 외계어

논쟁을 마침

닭이 먼저냐
알이 먼저냐

21일은
우주 나이에
점으로라도 찍힐까

사랑이었네

사랑이었네
사랑이었네
이제사 사랑인 줄 알았네

그대 떠나고
그대 머문 곳
그리움으로 남았네

바람에도 지워지지 않고
세월에도 씻기지 않은 채
고스란하네

동백보다 더 붉다네
서리꽃보다 더 시리다네
기도보다 더 간절하다네

창살 사이 달그림자
그마저 사랑이었네
사랑이었네

높은 곳에서도 우러러보는 세상

캘리그라피스트ⓒ황일민

잡다(雜多)

개미가
코끼리 발에 밟혔습니다
다행히
죽지 않았습니다

다들
공존이라 하였습니다

아들아

달 같아라
달만 같아라
어둠 밝히는 달 같아라

별 같아라
별만 같아라
뱃길 밝히는 별 같아라

바람 같아라
바람만 같아라
풍경소리 두고 가는 바람 같아라

꽃 같아라
꽃만 같아라
꽃봉오리 제때 여닫는 꽃 같아라

견언(犬言)

도화(桃花) 붉다
대소(大笑)하던 중 없다

도화 또 붉다
서산에 해 넘어간다

부질없어라

젊어서
학연
지연
혈연
온갖 줄 잡더니만

늙어서는
정신줄 하나도 잡지 못하다니

미물

같은 하늘 아래
높고 낮고

같은 땅 위
잘났다 못났다

까— 불어라
바람아

인연

새와
나는 마주 보고 있다

새는 바람을 맞이하고
나는 바람을 등지고 있다

우리
마주 보기 위해
바람을 기다렸는지도 몰라

어쩌면 우리
우리가 바람일지도 몰라

바로 지금

유성(流星)!
한때 반짝이는 별이었다

우리
지금 사랑하자
지금 용서하자

제 꼬리
불사르며 사라져 가는
저 별 좀 보아

바람이 분다

김성기 시집

발 행 처 · 도서출판 청어
발 행 인 · 이영철
영   업 · 이동호
홍   보 · 이용희
기   획 · 천성래
편   집 · 방세화
디 자 인 · 이수빈
제작이사 · 공병한
인   쇄 · 두리터

등   록 · 1999년 5월 3일
(제1999-000063호)

1판 1쇄 발행 · 2019년 10월 20일
1판 2쇄 발행 · 2019년 11월 10일

주소 · 서울특별시 서초구 남부순환로 364길 8-15 동일빌딩 2층
대표전화 · 02-586-0477
팩시밀리 · 0303-0942-0478

홈페이지 · www.chungeobook.com
E-mail · ppi20@hanmail.net
ISBN · 979-11-5860-697-8(03810)

이 도서의 국립중앙도서관 출판시도서목록(CIP)은 서지정보유통지원시스템 홈페이지
(http://seoji.nl.go.kr)와 국가자료공동목록시스템(http://www.nl.go.kr/kolisnet)
에서 이용하실 수 있습니다.(CIP제어번호: CIP2019029388)